HAYMON verlag

Angelika Rainer

See'len

Gedruckt mit freundlicher Unterstützung durch die Abteilung Kultur der Tiroler Landesregierung und die Stadt Wien, MA 7 – Kultur, Wissenschafts- und Forschungsförderung.

Auflage:
4 3 2 1
2021 2020 2019 2018

HAYMONverlag
Innsbruck-Wien
www.haymonverlag.at

ISBN 978-3-7099-3426-5

Buch- und Umschlaggestaltung nach Entwürfen von hœretzeder grafische gestaltung, Scheffau / Tirol
Satz, Umschlag: Circus. Büro für Kommunikation und Gestaltung, Innsbruck / Wien. www.circus.at

Gedruckt auf umweltfreundlichem, chlor- und säurefrei gebleichtem Papier.

ZEHN SEEN

SEE’LEN

Der Weg war lang, schmal, mehr Rinne als Weg, wir konnten nur einen vor den anderen Fuß setzen. Beerensträucher wuchsen von den Böschungen herab in die Wege.
Im Gehen, ohne langsamer werden zu müssen, konnten wir die Beeren abstreifen, wir kamen nicht außer Atem.

Unser Ziel war nicht eindeutig.
Wir stiegen keinem Gipfel entgegen, wir suchten die See’len, fanden Weiher und Tümpel, namenlose kleine Augen im Krummseggenrasen. Bevor wir die Wolken am Himmel suchten, sahen wir sie in den See’len liegen. Dass sie mehr als einmal vorhanden waren, machte uns nicht sicherer im Wissen, wo wir uns befanden.

Wir sahen kein Vieh, nur Viehzäune und Schießscheiben auf der Weidefläche nahe dem Ufer.
Ungesehen darf er sich nie meinen, der Mensch.

Einst hat es hier kein Wasser gegeben, aber Edelsteine, Himbeeren und Pilze. Die Fremden wussten dies zu schätzen, trugen alles mit sich.
Als die Dinge davon getragen wurden, betrachteten die Hirten sie als das Ihre und beschlossen, die Dinge behalten zu wollen.
Sie erschlugen Pilze und Himbeeren. Die Fremden sollten nicht mit der Hirten Hab und Gut von dannen ziehen.
Der Hirten Gier wurde bestraft.
Das Land wurde überflutet, alle Schätze waren verloren.

Einst wird es hier keinen See mehr geben.
Schon in einem anderen Jahr wird dieses Land an ganz anderen Orten Augen haben.
Die heurigen Seen werden im nächsten Jahr an anderen Stellen zu finden sein. Das einst überflutete Land kommt einmal da, einmal dort zum Vorschein, stellt den Buckel auf, wie Katzen es tun.

Was verbirgt die Tiefe außer Daphnien, Kiemenwürmchen,
Stille, Erbsenmuscheln oder nichts?
Was erzählt sie?

Würden wir uns abseilen ins Innere der Welt, vielleicht würden wir auf den Grund eines Sees treffen, könnten von außen an seine Wanne klopfen, ihn nach seinem Alter, nach seiner Geschichte befragen.

Mir begreifliche Erdzeitalter liegen in den Tiefen der See'len.
Steine, die ich in die Hand nehme, hat mein Vater, als er jung war, ins Tal, in den See geworfen, manchmal getreten.
Das ist lange her.
Weit sind die Steine seither nicht gekommen.
So weit ist die Welt noch zu begreifen.

In jener Nacht blieben wir bei den See'len, die wie Sterne auf der Erde ausgelegt sind.
Wir trugen die alten Steine zusammen, um eine Feuerstelle zu errichten.
In den eingefassten Flammen zeigten sich ein Fischkutter, Hirtentäschchen, Schwingelgras und Schneebeeren.

Der Wind ließ nichts sein, wie es sein sollte.
Er löschte die Flamme vor der Zeit.
Die Feuerstelle blieb als kahler Kreis zurück, von Steinen und Grasbüscheln gerahmt, das Innenfeld nackt, weil die Gräserwurzeln angefressen worden waren, um das Wasser zu halten, das sonst an den Gräsern verdunstet wäre.

Am Morgen grüßten uns zwei Hirten vom oberen Weg herab.
Sie grüßten schreiend und winkend.
In dieser Einöde mussten sie Stimme zeigen.
Sie schwangen ihre Stöcke, waren freundlich, wollten sich nach Tagen unter Schafen mit Menschen verständigen.
Von uns aus gesehen waren sie klein und gedrungen.

Unser Augpunkt war für ihr Erscheinungsbild ungünstig, da er unter ihrem Standort lag.

AUGE GOTTES

1

Das Auge Gottes ist ein Dreieck oder ein Tümpel auf dem Weg zum Gletscher, nahe den Sternen.
Bis ins späte Frühjahr, beinahe bis in den Sommer hinein, ruht das Auge Gottes unter einer Schneedecke. Dann wird es warm, und Wellen aus Schmelzwasser erschaffen ein Lid.

Das Inselchen in der Mitte des Auges wird überschwemmt.
Wollgras wächst, der Augapfel wird sichtbar.
Ein Wollgrasinselchen ist der Augapfel Gottes.
So sieht das Auge sie nicht mehr, die Sünde.
Sah es nämlich nicht vornehmlich sie?

Zu bevorzugen sind jene göttlichen Augen, deren Augenhöhle ohne Augapfel bleibt oder deren Augapfel wenigstens ein Wollgrasinselchen ist.

Bulbus oculi vacui horror –
ein Krater, ein Abgrund dort, wo keine Pupille sich rührt.

Das Auge Gottes wird nicht mit anderen Weihern verwechselt werden.

2

Einmal war der Tümpel ausgetrocknet gewesen.
Die Erde war rissig geworden, hatte sich gefurcht, hatte Schluchten und Klüfte gebildet.
Ein Laichteppich von Gras- oder Moorfröschen, vielleicht auch von Bergmolchen lag auf der rissigen Tümpelerde, in der neues Gras keimte.

Der Laichteppich glich dem Glasauge des Großonkels.
Das Glasauge war dem Kind ein Rätsel gewesen wie der Großonkel, von dem es nur wusste:

Er liebte Rumkugeln und verschenkte sie großzügig.
Einst war er von einem Augenarzt sehr beleidigt worden.
Dieser hatte sein gesundes Auge untersucht, weil er es für das Glasauge gehalten hatte.

Das Glasauge war ein Rätsel.
Und dennoch wusste das Kind, welches Auge den Weg ins Innere bereithielt, in welches Auge es schauen musste, um den Großonkel anzutreffen, um zur Seele zu gelangen.
Es war die Pupille, die half, das richtige vom falschen Auge zu unterscheiden.

Der Weg war deutlich sichtbar wie die dürren Wasseradern
in den See hinein, aus dem See hinaus
Zuleitungen, Abflüsse, Venen, Arterien
Zeilen im Krummseggenrasen
Nervenbahnen des Auges.

3

Der Erde Haut ist ein Weiher, ein See
das Auge Gottes, ein Seelein
silberner Einlass in die Welt unter der Welt
ein Tümpel, in den man die Hand taucht und schleunig zurückzieht
weil der Grund einen verschlingen wird.

4
Symmetrien / Anatomien

In eine knöcherne Höhle
in eine Grube im Schädel mit Ausgängen für Nerven, Blutgefäße, Tränen
ist das Auge samt Augapfel gebettet.

In einer erdigen oder felsigen Wanne, in einer Falte der Erde ist der See
ausgebreitet.
An seinen Ufern, in den Lidwinkeln des Auges lagern Schlafsand,
Augensteine, verwandelter Schlaf, Gestalt gewordener Traum.

In den pelagischen Regionen des Auges tritt die Welt auf –
ein Baum, ein Haus, ein Vogel, ein Mensch.

Ein Tränenfilm liegt auf der Hornhaut
auf dem Wasser ein Schleier
die Wasserblüte.

Zuweilen gibt es Überflutungen
im Auge, im See
wenn der Wind zu stark weht
wenn getitschte Steine oder das Gemüt zu hohe Wellen schlagen.

5
Das Tränenbein ist der kleinste Knochen im Schädel.
Das Tränenwärzchen sitzt im inneren Lidwinkel.
Das traurige Auge ist dunkel, wässrig und tief wie ein See. Es spricht:
Ich habe viel geweint und habe Tränen noch genug.
An den unteren äußeren Lidern lagern sie wie alter Schnee
in Schattenrinnen.

Wasser fließt unter dem Einfluss der Schwere.
Das Fließen ist eine äußerst verwickelte Erscheinung.
Die größte Fließgeschwindigkeit herrscht nicht an der Oberfläche.

Die Seele steigt aus dem Wasser.
Man weint sich die Seele aus dem Leib.
Auf Umwegen kehrt sie zurück oder eine neue.

6

Die Augen des Vaters waren kleiner geworden.
Hatte es mit der Hitze zu tun, mit der Müdigkeit, weil er an diesem Tag schon zu lange auf den Füßen war, oder war es jetzt also doch das Alter?
Werden die Augen zum Ende hin kleiner, schmäler?
Lassen sie die Welt weniger ein wie die Mittagsblume, die zur Mitte des Tages hin ihren Kelch öffnet, sich wieder einfaltet, wenn die Sonne sie nicht mehr bescheint?
Macht man, je länger das Leben dauert, die Augen mehr und mehr zu – so wie die Sonne die Sterne langsam verschlingt, tageweise, um eine Fingerbreite nur, oder gar nur eine halbe, bis der Stern verschwunden ist?
Der Stern kehrt wieder, die Sonne lässt ihn wieder aus.
Das Auge kehrt nicht wieder.
Niemand lässt es wieder aus, und es wird dennoch nicht vergangen sein.

BLINDSEE

Das Tal ist eng. Die Sonne muss hoch steigen, um die Talsohle zu erreichen. Irgendwo verbirgt sich ein See. Er soll auf der Erde frei zu Tage liegen und das Tal vergrößern wie ein Spiegel.

Erst im Wasserspiegel gesehen war die Welt wirklich und wie zum ersten Mal geschaut.
Ein ganzer Himmel lag auf einmal vor unseren Augen.

Die gespiegelten Dinge, heißt es, bestehen aus Bildern, die sich von Dingen und Menschen, die gespiegelt werden, gelöst haben.
Die Bilder im Wasser sind die äußersten Schichten der Dinge, sehr fein beschaffen.
Langsam aber sicher verzehren sich die Dinge.
Sie werden dünner, weil bei jeder Spiegelung etwas von ihnen abfällt.
Der Mensch, der sich oft vor Spiegeln oder an Seen aufhält, wird beizeiten zum Schatten seiner selbst, Bilder und Schicksal lösen sich von ihm.

Aus Hell und Dunkel wird Blau, die Farbe reinen Wassers.
Licht kehrt als Glanz zurück.
Koniferenpollen machen das Wasser gelb, Eisensalze färben es grün.
Es wehen die Anemonen, es blühen die Kelchknospenkapitelle,
es wimmelt und wirbelt von allerlei Mensch und Getier,
es wird geflüstert, erwartet, erfüllt und verweigert.

Gibt es die blinden, nicht erreichbaren Gründe?
Wo halten sich Erschütterung und Kränkung auf?
Müssen sie sich aufhalten?
Werden sie tatsächlich in den Tiefen bewahrt und müssen nur angerieben werden wie Eukalyptushütchen, die nach Jahren noch zu duften beginnen?

Könnte doch einer Panoramen zeichnen, ganz nach der Natur!
Er müsste das Loch im Felsgeröll kennzeichnen, in dem sich eine nach den Pfingstpredigten zu Tode erschrockene Frau über Tage versteckt hielt. Sie hauste dort wie ein Murmeltier, blieb von Steinschlag und Wetter unbeschadet, froh wurde sie nicht mehr.
Die Augen blieben gefärbt vom Abgrund, den sie geschaut hatten.

WILDSEE

Sätze für einen See auf weißem Grund unter weißen Felsen, so genau wie Erinnerung und Gefühl

Nicht der Mond macht hier den Fels hell – nein – Zwerge haben ihn getüncht, in der Farbe des Mondes, um die sagenhafte Sehnsucht einer Prinzessin zu lindern.

Sehr spät wurde es still an diesem Ort, und auch dann hörten wir keine Ruder schlagen.
Die Stille glich der Ruhe, die zurückbleibt, wenn Gäste gegangen oder Kinder eingeschlafen sind. Man wird in die Stille hinein geschäftig, hört die eigenen Schritte wie den ganzen Tag lang nicht und wird vom untrüglichen oder trügerischen Gefühl beschlichen, dass da jemand ist, der einem zuschaut.

Die Luft wurde von der Stille langsam eingefärbt wie die Berge mit Mondfarbe durch Zwergenhand.
Der Augenaufschlag der Lärche war zu sehen, ein Ast war geknickt oder nur scheinbar angebrochen, er trug dichten Baumbart, er löste sich nicht, auch bei stärkstem Sturmwind löste er sich nicht.

Wer hat gesagt, dass ein Sturm nicht nehme sondern gebe?

Am Abend hatten wir zu wenig Zucker im Blut und gekalkte Füße vom weißen Grund.
So wird man ganz unbemerkt zu Stein oder zu dem, was einem unter die Füße gerät.

Wir hörten den Regen von weitem kommen, fanden Schutz hinter dem Kugelgarten – ein rundes Fleckchen Erde – in der Höhle mit den Salzsteinen für die Gemsen.

Unerwartet standen sie dann vor uns, mindestens fünfzehn waren es.
Sie schauten uns an, wir hielten ihrem Blick nicht stand.
Wer hätte gedacht, dass wir verlegen werden im Angesicht von Gemsen.

Die Berge waren rostig, wir aßen Distelherzen, zeichneten Denkwege nach. Nichts wollten wir verbergen und hielten uns doch zurück, in Walzerworten zu reden, in eigenem Namen zu denken, zu dichten.
Die schreibende Hand wies den Gedanken zurecht, empfahl Worte, hinter denen man deutlich sichtbar verborgen vor Zudringlichkeiten geschützt ist.
Der Ausuferung wurde Einhalt geboten, die Gefahr der Eintrübung des Gemüts wurde so klein wie möglich gehalten. Keine Trübungssonden mussten in den Gedankenfluss eingelassen werden.

Wozu nämlich all die dunklen Witterungen, wahren Gefühle und falschen Fährten?
Wer weiß, wer da fühlt und ob da richtig gefühlt wurde?
Der aus der Fremde übernommene Geist beginnt zu spuken.
Nie liegen die Dinge gleich, mögen die Grundrisse der Herkunftshäuser noch so ähnlich sein.

Lange bevor man weiß
wir gehen und wissen nicht wohin
riechen wir den Schnee
lassen wir Ereignisse ausklingen
vergessen das Moosglöckchen, den Karotten fressenden Moorfalter.

Wir reden von Sätzen, die den Zweifel nicht verhehlen, Gewissheiten nicht trauen und Ahnung von Wissen zu unterscheiden vermögen.
Nichts soll zurück bleiben, höchstens der Schimmer einer Angst für später oder der Nachlass des Imkers, mit Bleistift auf die Rückwand des Bienenstocks geschrieben:

Nebel am Boden, sonst heiter (22.10.)
Garten aper + erste Zwengl* (1. Mai)
geschleudert, Alpenrose blühte wenig (6. August)
weiß geschauert, Alpenrose kaputt (29. April)
erste Schwärme heim getan (7. Juni)
letzte Bienen heim getan (25.9.)
in beiden Gräben die Gisse** gegangen (1. Juli)
wieder in beiden Gräben die Gisse gegangen (14. Juli)

* Krokusse
** Mure

MICHIGANSEE

Das Bächlein wird gestaut zum *See inmitten von Bäumen.*
Der See erzählt von

Taupunkt und Goldglanz
Wasseradern und Aderlässen
Ufersäumen und Wetterbäumen
Reif und Weiden
Blutegeln und Blutschnee*

von einem schwarzen Schuh, der morgens jäh am Ufer stand.
Ein kleiner Damenfuß hat ihn verloren.
Er könnte sich zum Tanzen geeignet haben.
Hatte die Dame Flügel, hatte sie Wurzeln oder beides sogar?

Von hinten oder von links, heißt es, drückt die Vergangenheit auf uns.
Im linken Augenwinkel liegt, was vergangen ist, weil wir von links nach rechts lesen.
Das Zukünftige zerrt von rechts an uns.
Bei denen, die von rechts nach links schreiben, ist es umgekehrt.
Die Zukunft der einen ist die Vergangenheit der anderen.

Einmal kamen die Nachfahren unserer Ahnen zu Besuch, ein Teil der Geschwisterkinder, einst ausgewandert nach Milwaukee an den Michigansee (gesprochen wie geschrieben).

Niemand verstand vom anderen ein Wort, man suchte nach Gleichem, man wurde fündig.

* roter Schnee, es hat vom Roten Turm herab gestaubt, oder Grünalgen haben den Sommer überdauernden Schnee rot eingefärbt

Man sah gleiche Nasen, gleiches fehlendes Haupthaar, gleiche Lachgruben in den Wangen, gleiche Begabungen – Baggerfahren zum Beispiel oder schöne Handschriften – und die allen gemeinsame Spitzfindigkeit von Füchsen.

Die Männer erzählten, dass sie sich zur Förderung des Haarwuchses unter Kälberköpfe setzten und ihre kahlen Köpfe von den groben Kälberzungen abschlecken ließen. Sie hofften auf Durchblutung der Kopfhaut, Anregung für die Haarwurzeln.
Die Haare wuchsen trotzdem nicht mehr, die Kälberzungen wurden später gekocht.

Fragila ist eine Gattung der Kieselalgenart.
Was hat es mit den Gattungen auf sich?
Wie dünnhäutig ist eine Art?

Wenn man von einer *betrogenen* Gattung spricht, heißt das nicht, dass die gemeinte Sippe schlecht behandelt, dass sie von der Zeit oder den Umständen gekränkt und betrogen worden wäre.

Es bedeutet – hüte dich vor diesen Leuten!
Sie bergen schwere Geheimnisse, um die sie nicht wissen.
Sie halten den Gram verschlossen, formen aus Ahnungen ein Wissen, das den Zweifel verdrängt.
Stolz sind sie ob der richtigen Verwendung des Genitivs, weil ihre Herkunft noch zu kränken vermag.

Sie sind misstrauisch, bereden sich ausschließlich mit den Ihren und sind vor den Ihren und sich selber nicht sicher. Spätestens, wenn einer von ihnen erkrankt, kann man sich nicht mehr vor ihnen hüten.
Dann besucht man den Erkrankten selbstverständlich.

Er kochte Kartoffeln, trug Bergschuhe, weil seine Fersen und Fußsohlen schmerzten.
Er wollte von uns wissen, ob wir an Wunder glauben.
Dann führte er uns in die Fuchsauen, die Herbstfarbe war vorherrschend, er zeigte uns die von ihm nahezu alleine errichtete Talsperre und die in seinem Besitz befindlichen Windräder in einer namenlosen Ebene.
Dort standen wir eng beisammen – Onkel und Vettern, am betonierten Fundament eines Windrades. Wir fotografierten die Verlassenheit selber und hielten fest:
Auch andernorts ist der Himmel nahe und die Anzahl der Sterne beträchtlich.

SILBERSEE

Wie staunten wir, als wir erfuhren, dass das Schilf aus hauchdünnem Silber gemacht war.
Silber tritt gediegen auf, als Geflecht, als Korn, als Locke.
Und Seelen entsteigen stehenden Gewässern, überall anders bleiben sie flüchtig.
Am Morgen steigen sie aus silbernen Tiefen, werden in alle Winde zerstreut, kehren abends heim mit den Splittern des Tages, mit allem, was vor den Augen uns liegt.

Ohne Alter ist das Wasser des Flusses.
Stehendes Wasser fault.
Kommt daher das Zögern, sich in einem See zu ertränken?
Wer möchte länger als nötig verwesen?

Aus den Schilfgürteln trieb der Sturmwind verdorbenes Wasser ins offene frische, die Fische verendeten, es stank schrecklich, sogar mehrere Tage lang.
Das Gebot – *Vertrau auf den See und sammle Fische* – hatte seine Bedeutung verloren.

Das Vergangene wird immer weniger wichtig, sagen jene, die es verstehen, den Sturzbach bewohnende Geschöpfe beim Namen zu nennen.

LICHTSEE

Der Lichtsee – ein Herz, es lag im Nebel.

Schwefelgelbe Flechten täuschten einen Sonnentag vor.
Nerven und Augen waren von der Zugluft entzündet, sie tränten.
Wir hätten ihn also doch gebraucht, den Reisealtar mit den Goldgespinsten samt der Heiligen Walpurga, die ein Paar von Augen auf einem Teller vor ihrer Brust hält, die man anruft, wenn die Augen schmerzen.

Der Weg führte durch Gesträuch, Gestrüpp, über gefrorenen Boden.
Im Wald war es warm, wärmer als draußen.

Der See liegt über der Waldgrenze, in entlaubter, nackter Gegend, unter einem Joch, dessen Namen wir vergessen hatten.
Es ist *eine Himmelsgegend mit der Spur eines kleinen Planeten.*
Sein Wasser bekommt der See von Regen und Schnee.
Es versickert nicht, es ist oder erscheint sehr hell, wenn man aus dem Schatten der Bäume tritt.
Morgens und abends ist er besonders schön.
Untertags aber muss man gerüstet sein, dass man im Licht der Mittagsstunde am Wasser bestehen kann ohne Schaden.

Wir suchten die angemessene Höhe und Kälte zur Vermehrung von Erfindungsgabe und roten Blutkörperchen, planten Getier und Gedanken zu vermerken, nahmen Kahn und Wind um hinauszutreiben, so weit, bis wir zu der Erde Krümmung gelangten, wo Hut und Kahn versinken, wo Licht durch Schilf und Blätterdach dringt und kundtut, dass jemand auf einen wartet, bis man sieht, was dahinter liegt.

Das Land dahinter beginnt mit den Menschen.
Schafe reichen nicht aus, ein Hirte allein bei den Schafen nützt auch nicht.

Der Hirte allein steht sehr gerade, er redet mit jemandem, hält sich vermutlich für zwei. Er ist mit der Gegend verwachsen, von einem Baum von weitem nicht zu unterscheiden.
Ist es ihm gleichgültig, wer er ist?

Es wandelt, was wir schauen.
Was wir schauen, ist eine Frage der Sehkraft oder der Kugelgestalt.
Das Wasser folgt der Schwerkraft, es krümmt sich, zeichnet die Krümmung der Erde nach. An die Stelle des Ufers tritt der Horizont, die Weite.

Der Hirte kann die Krümmung nicht fassen, die Unebenheiten der Welt sind stärker, er lebt mit der Täuschung, dass Berge und Täler sich über einen flachen Boden dahinziehen.
Die Höhen trägt er im Geiste ab, die Tiefen füllt er auf.
Er macht sich an die Gestaltung der Stätte, des Winkels, des Raumes.

SEE IN DER WERKSTATT MEINES VATERS

1

Auch kleine Menschen haben eine Herkunft, manchmal besitzen sie ein Gemälde.
Wenn es ein einziges ist, muss man sich über seine Hängung keine Gedanken machen.
Das Gemälde hing in der Küche meiner Kindheit.
Seine Farben kenne ich auswendig.
Heute hängt es in der Werkstatt meines Vaters, hinter einer schweren Tür, die an der Außenseite keine Klinke hat. Man muss die Tür an ihren Seiten fassen, muss ihr Schwung geben, damit sie ins Schloss fällt. Ob sie offen oder geschlossen ist, weiß man, wenn man sich gegen sie lehnt. Ist sie offen, springt sie auf und man fällt in die Werkstatt.

Das Bild zeigt einen See.
Es ist ein Bild ohne Titel, ohne Datum.
Der Maler hat unterzeichnet mit *Boxan*.
Boxan stand eines Tages an der Tür, blieb so lange, bis mein Vater das Bild um vierhundert Schilling gekauft hatte. Es war die Hälfte seines Tischlermonatslohnes gewesen.

Das Bild ist staubig, sehr staubig.
Es ist nicht gerahmt.
Mein Vater hat es auf eine Homogenplatte aufgeleimt.
In der Tischlersprache heißt es *aufziehen*,
ein Bild wird aufgezogen.

Die Flecken im vorderen Teil des Bildes sind keine zum Trocknen ausgebreiteten Tierfelle, sind auch nicht die Tracheenlungen der Landasseln. Es sind nackte Stellen, Leinen oder Papier wurden abgerissen, der Homogengrund wird deutlich.

Das Bild ist alt geworden.
Es löst sich von den Rändern her auf.

Der Leim frisst das Bild.
Die Ränder reißen ein, die Ufer verschwinden.
Der See wird vom Ufer aus langsam in Luft aufgelöst.

Eine Zeitlang wird dieser See von Boxan noch aus seinen pelagischen Regionen bestehen.
Gibt es einen Grund, dem See, als er bis an die Ränder reichte, nachzuweinen?

Das Ufer ist unzugänglich, die Bäume auf dem Bild sind Birken.
Das Haar meines Vaters ist gleich grau oder weiß wie die Birkenstämme geworden, ein wenig Schwarz hält sich im Weiß.

Ein Boot samt Fischer ist in den See gemalt.
Der Fischer rudert stehend, in einem ungesunden Winkel zum Bootsrand. Er wird beizeiten Rückenschmerzen bekommen haben, vielleicht hatte er von vornherein einen Rundrücken.
Hatte er Netze bei sich und welche Maschenweite hatte sein Kescher?

Die Ruder sind mehr Speere als Ruder.
Ein Ruder ist unbenutzt, es hängt ins Wasser.
Es waren vielleicht einmal zwei, die da fischten.

Im hinteren Teil des Bildes wird gemäht, ein Kornfeld oder ein Schilfgürtel oder eine Wiese grenzt ans Wasser. Zu Garben gebundenes Korn liegt am Ufer.
Gerste ist borstig und matt, Weizen ist heller als Gerste.
Wenn Boxan Farben gesehen hat, hat er den Weizen gesehen und die tröstende Ruhe des Feierabends, auch die Schwermut, die frisch gemähtes Gras verursacht, weil wieder ein Sommer gewesen sein wird.

2

Ist der See von Boxan ein See im engeren Sinn?
Dafür müsste er eine *centrale* Region besitzen, in welcher die Tiefe so groß ist, dass die litorale Flora nicht ins Profundal gelangt.

Das Litoral ist die lichte, von der Sonne gewärmte Region der Ufer.
An jedem Tümpel, Weiher, Sumpf, an jedem Seelein gibt es die litorale Flora, ein Uferblümchen.

Das Profundal ist die dunkle Tiefenregion, von Stürmen, Winden und Wellen geformt, von der Sonne unerreicht. Es fehlen die grünen Pflanzen, nur Rädertiere, Muscheln und Würmer bewohnen die unterseeischen Wiesen, Hänge, Wälder.

Kann ein See beschrieben werden auch ohne Kenntnisse von Namen und Breitengrad, Meereshöhe und Ausflussmenge, Tiefe des Einschnitts in die Landschaft und Relief des Grundes, von Umfang, Volumen, mittlerer Böschung, Anzahl und Gewissheit der Lotungsergebnisse?

Das Wasser auf dem Bild ist ruhig.
Die Sohle des Sees, die Schwebewelt, das Plankton, alles Umherirrende ist nicht sichtbar.
Der See ist vielleicht verkrautet.
Es ist keine Strömung zu sehen und deshalb ist auch nicht deutlich, in welche Richtung das Plankton sich bewegt.

Strömung wird es trotzdem geben, schnelles trifft auf langsames Wasser, es bilden sich Wirbel, auf Hinterköpfen, im See.
Wirbel sind drehende Bewegungen um eine stromabwärts fortschreitende vertikale Achse.
Seenwirbel drehen sich nicht so schnell wie die Wirbel in Flüssen.
Die Überkämmung des Wirbels am Damenkopf ist eine Frage der Würde.

Auf den Steinen wächst Moos samt den einzelligen Moosbewohnern *Hyalosphenien.*
Wenn man das Bild lange genug anschaut, wird der Moospollennebel erscheinen, weil Wind die Pollen aufwirbelt.
Das Wasser wird weit weg erscheinen oder nicht mehr zu sehen sein, Schritte und Stimmen werden im Nebel schweben.

3
Die Landschaft ist lieblich, eine Idylle.
Hinter die Felder hat Boxan ein Schlösschen gemalt.
Es gleicht der efeuverwachsenen Kirche jenes Klosters, zu dem wir als Kinder in Scharen geführt wurden, weil wir die Werkstätten sehen sollten, in denen Hostien hergestellt wurden, flach wie der Mond oder wie das vom Blitz erschlagene Kalb, das an einem Seil vom Hubschrauber herab hing.

Der Leib Christi wurde uns als Oblatenbruchware in großen Säcken zum Verkosten ausgeteilt. Dem Kalb und der Oblatenbruchware fehlte die dritte Dimension.

Was blühte damals an den Hängen?
Des Hauswurz Blütenfarbe glich den Sternen.

4
Wie heiß es war, wie oft die Sonne schien?
Das ist ein Blankvers und aus dem Bild nicht ersichtlich.
Es könnte ein Gewitter gegeben haben.

Lobelia und Isoetes, zwei Wasserpflanzen, gedeihen hier –
Wasserpflanzen oder Verwandelte
Laichorte für Kröten, Molche, Frösche.

Vielleicht leben auch Schattenmorellen in Boxans See.
Die Gebrauchsspuren verhindern eine weitere Auslegung der Umstände.

5
Was nachträglich ins Bild schlich –

Die Hände des Vaters sind vielleicht aus Holz,
sie bleiben auch in den kältesten Wintern ohne Handschuhe warm.

Er schwitzt selten oder gar nicht.
Deshalb flickte meine Mutter keine Achselpolster in seine Hemden, nur in jene ihrer Dienstgeber, die schwitzten wie alle, es aber zu verbergen wussten.

Die Lärche erkennt er blind an ihrem Pechduft, auch die Zirbe.
Warum man Lindenholz in Rauhnächten schlagen soll, führt er nicht weiter aus.
Weiß er, was eine Rauhnacht ist?

Er kennt sich mit Wiedergängern aus, mit Holzwürmern, die Musik und Leinöl nicht vertragen.
Er weiß, dass der Frost Scheinringe erzeugt und die Jahre an der Wetterseite in Wellen liegen, dass sie im Herzholz, im See zum Stehen kommen und schwingen.

Manch ein Jahr bringt keine Jahresringe hervor, und so kalt kann es werden, dass man von einem Christus die Beine verheizen muss.

Er spuckt auf den Finger, wischt mit dem nassen Finger über das staubige Brett oder Bild, unter dem Staub lodern Flammen, brennt das Holz,
es erscheinen die weißen Adern des Holzes und der Name des Baumes.

Ein Bild wird aufgezogen oder eingelegt.
Schildkröt, Perlmutt, Kupfer oder gar Elfenbein standen meinem Vater als Einlegematerial nicht zur Verfügung.
So entstanden aus Flammen und Adern von allerlei Furnieren *Der Schnitter* und *Weihbrunn sprengender Bauer*.

SINKERSEE

Vorübergehende Erscheinung im Gelände ist er, ein bodenloser Ort mit alten, kalten Feuerstellen, an dem die Wiedergänger erscheinen.

Im schwarzen erloschenen Feuer stand ein Baum wie ein Mensch.
In einer Senke, in der wir am wenigsten Wind vermuteten, hielten wir Rast.

Kleine Käfer kreisten um unsere Köpfe, Wasserläufer schufen feine Linien, wie sie entstehen, wenn einzelne Fäden aus Stoffgeweben gezogen werden.
Schmalköpfige Adelige erschienen, Manschettenknöpfe, Klee und Wasser glitzerten im Sonnenlicht.
Spinnen waren an der Arbeit, überall.
Wir konnten zuschauen, wie schnell die Luft versponnen ist,
wie schnell die Fäden gespannt, die Netzwerke hergestellt sind.

In kosmisches Geschehen verflochten ist der See,
dem Kreislauf des Jahres, den Launen des Wetters, den Farben der Ufer,
den zartesten Flügelschlägen ist er unterworfen wie alles.

Die Erforschung des Grundes begann mit der Erfindung des Lots.
Man kratzte, man schabte am Grunde.
Man wollte den Grund im Tageslicht sehen.
Man wollte Schlüsse ziehen aus dem Grund über den Grund.

Gibt es im See versunkene Seelen, die nicht mehr weichen, den Weg zurück nicht mehr antreten können, die zum Bleiben verdammt sind?

Wir ziehen die in Treibholz verwandelten Gestalten aus dem Wasser,
manchmal einen Stern, der die Zeit übersehen, der es versäumt hat,
den Weg aus dem See zurück an den Himmel anzutreten.
Auch einem Stern schlägt die Stunde.

Wenn der Mensch aus seiner sicheren Umgebung herausschaut, in den Seespiegel hinein, kann es zu Erscheinungen kommen.
Die Erscheinungen können Wiedergänger sein.

Was ist und was war, was weit weg und nie gesehen war, wird sichtbar, weil ein Wiedergänger – alterslos und noch nicht in den Himmel aufgefahren – darauf sitzt.

Ein mit keiner Medizingabe heilbarer Lageschwindel stellt sich ein, während man allein zurück bleibt.
Unscheinbares, Rückwärtiges, Adern von Blättern und aufgerollten Zungen – die *unsichtige Seite* der Dinge beginnt sich zu zeigen.

Die hundertjährige Butterschüssel tanzt von einem ins andere Eck, wird eine mit Rippen ausgestattete Holzkugel, röchelndes, um Atem ringendes Nichts.

Geweihe wachsen aus Astnarben, Gesichter verschwinden, man starrt in den offenen Gaumen, in Schlund und Eingeweide, wird im Stich gelassen, in die Irre geführt wie das fiebernde Kind, das Hände und Füße anschwellen sieht.
Kreuzottern werden dick und lang wie Unterschenkel, Kobaltionen schwimmen nachts in den Adern. Ein Hirngespinst wird die Zeit, und nur manchmal ist dort, wo man die Nase vermutet, tatsächlich eine Nase.

Man wirft sich zu Boden, lässt sich gegen Wände fallen, wehrt sich gegen Schwerkraft und Seitenkraft.
Langsam füllt sich das innere Ohr wieder mit Wasser. Die Erde stürzt nicht mehr auf die Sonne.
Es ist wieder möglich, Stilleben zu malen, Hühner mit Deckweiß, Berge, Kapellen, alles eher abstrakt.

SCHWARZSEE

Vom Schwarzsee im Krater wie auf dem Mond die Geschichte könnte ich erzählen. Der Stein, der versank, um im Grunde das goldene Hufeisen zu finden, hätte ich, hätte ich ihn nicht geworfen, sein können. Die Wellen, die er machte, schlug ich. (Johannes E. Trojer)

Was hat den Schwarzsee so schwarz gemacht, dass sich nichts mehr von seinem Grunde abhebt?
So dunkel, dass er alles verschlingt, was ihm entspringt, darf ein Grund nicht sein.
Sieht man nichts mehr außer dem Grund selber, ist er nicht weiter bedenkenswert.

Wir sind nicht Stein, nicht Welle.
Das Hufeisen wird nicht geborgen werden.
Niemand wird es bergen, auch nicht jene, die messen wollen, ob der See tatsächlich eintausend Meter tief ist.

Die Zweifelnden haben ein Floß gebaut und sind in die ungefähre Mitte des Sees gerudert.
Sie wollten es sprechen hören aus dem See.

Ob sie ein Lot genommen haben, beschwert mit Sinkgewichten, behängt mit Schlammröhren zur Gewinnung von Grundproben, mit Wasserkellen zum Schöpfen von Grundwasser, mit Sieben zum Filtern der Planktonwesen und allerlei anderen Netzen, Pflügen, Dredgen, Thermometern?

Ob sie nur ein Seil genommen haben zur Bestimmung der Tiefe?
Sind sie auf den Grund gestoßen?

Man weiß es nicht.
In der Mitte des Sees sind ihnen alle Gewissheiten abhanden gekommen.

Gleichviel, gleichviel.
Sicher ist, sie haben den See vermessen und bezeugt, dass er niemals eintausend Meter tief ist.
Kein goldenes Hufeisen sei am Grunde zu finden.
So wie die Tiefe sei auch die Geschichte erlogen.

Unterdessen ist und bleibt der Schwarzsee eintausend Meter tief, mögen ihm Steine, Schlick und Schlamm schon viel Tiefe genommen haben.
Niemand sah ihn werden und bis heute nicht vergehen.
Eines Tages wird er nicht mehr von Bergen gerahmt, sondern eingezäunt sein wie eine Weide und eine Haut aus Gras bekommen haben.

Es wird nur eine Geschichte bleiben.
Auf seinem Grunde lag und liegt zweifellos das Hufeisen.
Wie es dorthin gekommen ist?
Einmal ging ein Werkzeugkoffer im All verloren.
Möglich ist, dass er im See versank samt dem Hufeisen, das sich immer in einem Werkzeugkoffer befindet, seit der Mensch beritten ist.

Wir werden es suchen.
Ob wir es finden, hängt vom Material des Grundes ab, ob es Fels ist oder Sand, unter dem die Erde nicht aufhört und den See bis an den Erdengrund reichen lässt.
Fiele man, fiele man ins Endlose.

Wenn wir es nicht finden, werden wir es lassen, wo es ist.
Wir werden den Boden unter den Füßen nicht verlieren.
Wir brauchen für den Abend eine Geschichte.

NARZISS UND ECHO

NARZISS

(Gierig schaut er, im Grase gelehnt, zwei Sterne, die Augen.
Was ich begehr', ist bei mir.
Er weiß nicht, was er sieht; doch was er sieht, setzt ihn in Flammen.)

Liriope, eine Nymphe mit blau gelocktem Haar, wird vom Flussgott Cephisus vergewaltigt.
Zur Strafe wird Cephisus ins Innere der Erde verbannt.
Liriope bringt Narcissus auf die Welt.

Sie befragt den Seher Tiresias, ob Narcissus ein hohes Alter erreichen werde.
Ja, wenn er sich fremd bleibt – ist seine Antwort.

Narziss ist ein schönes Kind.
Narziss ist ein noch schönerer junger Mann, von Jünglingen und Mädchen umschwärmt und begehrt.
Er selbst schwärmt für niemanden, begehrt niemanden zurück.
Er durchstreift Wälder, Wiesen, weglose Fluren.
Er flieht alles und jeden.

ECHO

(Tönend bleibet der Laut, das Gebein wird in Felsen verwandelt.)

Die Nymphe Echo lebt in den von Narziss durchstreiften Wäldern.
Einst hat sie Juno in endlose Gespräche verwickelt, um sie davon abzuhalten, ihrem Gatten Jupiter nachzustellen, der sich in den Wäldern mit Baum- und Wassernymphen (Dryaden und Najaden) vergnügt hat.
Juno hat Echo für ihre List und endlosen Reden mit der kürzesten Rede bestraft. Sie darf nur mehr alles Gesagte wiederholen.

NARZISS UND ECHO

Als Echo in den Wäldern Narziss erblickt, ist sie noch ein körperliches Wesen.
Sie *erglüht heiß in Flammen* und folgt ihm heimlich.
Sie will ihn umschmeicheln, ihr Wesen aber lässt dies nicht zu.
Sie kann nicht beginnen.
Sie muss warten, bis der Andere beginnt.
Endlich beginnt Narziss.

Er hat seine Begleiter verloren, er ruft in den Wald – *Ist jemand zugegen?*
Aus dem Wald ruft Echo zurück – *Zugegen!*
Narziss hört und staunt und ruft – *Wenn du zugegen bist, so komm!*
Echo ruft – *So komm!*
Da sich niemand zeigt, ruft Narziss – *Warum meidest du mich?*
Er hört – *Meidest du mich?*
Er will dem, was er hört, auf den Grund gehen und ruft – *So wollen wir uns hier vereinigen!*

Echo tritt aus ihrem Versteck hervor, sie will Narziss umarmen.
Narziss erschrickt. Er hat nicht mit umschlingenden Armen gerechnet.
Er weist sie zurück.

Eher würde ich sterben – schreit er – *du meinst, dir würd ich mich schenken?*
Dir würd ich mich schenken – antwortet Echo und zieht sich tief gekränkt in den Wald zurück, verbirgt ihr Antlitz, haust *schamübergossen in einsamen Grotten.*
Ihr Leib magert ab, die Haut wird schlaff, die Knochen werden zu Stein.
Nur ihre Stimme bleibt zurück.
Und all die wie Echo Verschmähten wünschen Narziss, er solle lieben und begehren müssen, wie sie selber geliebt und begehrt haben, und niemals solle er das Begehrte besitzen.

NARZISS

Narziss ist wieder alleine.
Er kommt an eine Quelle, an einen unberührten Ort, von niemandem jemals gesehen, von Wäldern umstanden, vor der Sonne geschützt.
Hier erblickt er sein Spiegelbild im Wasser und weiß nicht, dass er selber es ist.

Er sieht herrliche Schönheit, verzehrt sich nach dem Spiegelbild.
Er meint sich ebenso begehrt, da das Spiegelbild die Arme ausstreckt, wenn er sie ausstreckt.
Er lacht und das Spiegelbild lacht.
Er redet und das Spiegelbild redet, nur die Worte dringen nicht an sein Ohr.

Und er erkennt, dass er Sehnender und Ersehnter zugleich ist.
Was er begehrt, ist nur Schatten und Spiegelbild.
Es hat kein eigenes Wesen, erscheint mit ihm und geht mit ihm hinweg.

Da er das Bild nicht berühren, nicht erreichen kann, da er die quälende, nicht stillbare Sehnsucht beenden will, wünscht er, das Bild solle schwinden. Das Bild aber kann nur schwinden, wenn er selber vergeht.
Er klagt, dass er vernichten muss, was er begehrt.
Der Schmerz raubt ihm die Kräfte, von der Liebe ausgezehrt schwindet er *wie der morgendliche Rauhreif an der warmen Sonne schmilzt.*

ECHO UND NARZISS

Echo sieht es und klagt um und mit Narziss, trotz des immer noch vorhandenen Grolls.

Vergeblich geliebt – sagt Narziss.
Vergeblich geliebt – sagt Echo.
Leb wohl!
Leb wohl!

NARZISS

Die über Flüsse, Tümpel, Weiher, Seen wachenden Najaden beweinen ihren Bruder Narziss, sie weihen ihm ihre abgeschnittenen Haarlocken. Als man den Leib verbrennen will, ist der Körper verschwunden. An seiner Stelle blüht eine Blume mit weißen Blütenblättern und safrangelber, rot gerandeter Nebenkrone, die Dichter-Narzisse, *Narcissus poeticus*.

NARZISS

Er fragt – Wohin mich stellen, mich setzen?
Es antwortet ihm –

Einerlei ist's für den Raum, wohin du dich stellest, denn vor dem Ort, wo gerade sich jeder befindet, erstreckt sich überallhin gleich weit das unendliche All in die Runde.

Er tritt näher ans Wasser, an sich selber heran.
Was er sieht, verändert sich mit dem Wellengang.
Windwellen verursachen eine Störung des Bildes.
Wassermenge und Windstau verändern den Seespiegel und das gespiegelte Gesicht.

Es lacht ihm aus der Tiefe entgegen.
Ist es ein Fisch, ein Gott oder Spott, der sich in den wogenden Wangen zeigt?
Die Gewissheit geht verloren, wenn das Gesicht zu zerfließen beginnt.

Sein Lächeln ist das eines Fisches.
Sein Sinnen und Sehnen ist im Kopfe wandernd zu sehen, gefärbte Windungen und Gedanken, lästig wie Fliegen beim Mittagsschlaf.

Was schwer und sicher auf dem Grunde liegt – soll man es aufrühren, soll man es erzählen?
Er schaut in sich selber hinein und erkennt sich nicht.
Sogar die Krähe – *wunderliches Tier* – weiß so viel von sich, dass sie sich im Spiegel erkennt.
Und er?

Ist es ihm vorzuwerfen, dass er sich nicht erkennt?
Braucht es dafür, für Erkenntnis, ein Talent?
Macht sich der Unwissende schuldig?

Ach, bis man sich gefunden hat!
Bis man sich erfunden hat und sei es, dass man sich aus stillen Wassern heraus anlacht!

Er sitzt am Wasser, silberne Späne fallen ins Auge unter Brauen aus Stroh.
Ein ahnungsloses Gesicht beugt sich über das Wasser.
Es weiß nichts von Spiegeln, die aus Holzasche und gewaschenem Sand gemacht sind.

Der See wird zum Rahmen für sein Gesicht, für den Himmel.
Der Himmel blendet ihn nicht, es ist ihm, als schaute er durch ein Rohr.
Das Licht ist mild, der Dinge Glanz ist geschwächt oder gar verschwunden, die Farben sind matt und satt.

Im Spiegel kommt die Welt ohne Tiefe aus.
Die Verhältnisse werden einfacher.
Gerahmt und gespiegelt ist er nicht mehr sicher, wie er in die Welt gestellt ist.

Das Gesicht fällt auf einen dunklen Stein.
Der Stein zeigt ein makelloses Antlitz.
Kein Schatten stört, keine Narbe, nicht Alter noch Gram.

(Trügerische Quelle, die Elfenbeinschimmer – Makellosigkeit – auf die Haut zu setzen vermag.)

Das Antlitz steht Kopf. Das Gesicht ohne Makel ist nur Welle, aber schön ist es und mehr als man selber.
Wie die Wolke wird die Welle zu allem, was er sich vorzustellen vermag.
Von daher rührt also die Schönheit des Gegenübers.

Auch das kommt vor:
Er schaut ins Wasser und sieht nichts, auch nicht sich selber.
So erfährt der Mensch, der in sich selber schaut, also nichts über sich?

Er trinkt das Wasser, es ist bitter.
Er verfasst eine Anleitung im Kopf, nach der es erlernbar ist, Steine zu titschen, einen Wellenberg nach dem anderen erscheinen zu lassen, solange, bis vom Ufer aus keiner mehr zu sehen ist, bis der Stein sich nobel verflüchtigt hat.

Täglich errichtet er ein Steinmännchen am Ufer, täglich schnitzt er ein Rindenschiffchen und wundert sich über die Farbe des Holzes unter der Rinde. Sie gleicht wunder verbrannter Haut.
Hat er Fragen?

Wie wächst verbrannte Haut?
Wer wartet, in dieser Rinde eingeschlossen, auf Erlösung?
Wer weiß ein Wort, das zu erlösen vermag?
Ist das Steinmännchen ein bleibendes Werk?

Wurde er je schlafend gesehen?
Waren die Wege zu sehen, die er im Schlaf einschlug, die Wärme auf seinen Lidern, die Unheimlichkeit des Schlafs unter der dünnen Lidhaut?
War je eine Entgleisung dieses Helden, etwa eine hängende Unterlippe im Schlaf bemerkt worden?
Hörte man je, dass er Folgendes sprach –

Wünscht ich der Helden einer zu seyn
und dürft frei es bekennen
so wär es ein Seeheld.

Sieht er weit genug?

Es könnte sein, dass sein Augenlicht schwach ist und er sich deshalb nicht erkennt. Manchmal muss das Auge rasten oder die Sehkraft muss überprüft werden.
Kennt er den Augenprüferstern *Alkor* (das Reiterlein, den Doppelstern, zusammen mit Mizar mittlerer Deichselstern des Großen Wagens)?
Das Auge muss ihn sehen, auch bei mäßiger Sicht, es ist sonst nicht mehr gut genug.
Zur Stärkung der Augenkraft könnte er Lupensteine, auch Krebsaugen um seinen Hals hängen.
Wer aber um sein Leiden nicht weiß, trägt kein Amulett.

Ungestörter makelloser Mensch, Idylle, Narziss!
Er liegt auf warmen Wiesen wie in Wannen warmen Wassers.
Die Welt rauscht nicht in seinen Ohren.
Es ist sein eigener Herzschlag, den er vernimmt und nicht erkennt.

Was rührt sich rund um ihn?
Was sieht er inmitten von Rollfarnen sitzend oder stehend,
den Atem anhaltend, Jahresringe zählend?

Ein feuerrotes Schwanzfederchen
das fruchtende Köpfchen der Flockenblume
junge, gerollte Wedel des Wurmfarns
dem Winter entkommene Fliegen
Füßchen der Baumwanze, glitzernden Klee
kleine verkrüppelte Bäume, als wollte die Erde sie in sich zurückziehen

Er sieht das Reh grasen, weil das Ohr des Rehs zittert.
Wie schnell man sich doch verrät!
Das Reh ist nicht scheu, frisst an jungen Trieben, sein Fell ist verwüstet.
Es sinniert nicht. Es schaut nur und flieht.
Er sieht es nicht mehr. Es aber sieht ihn.

Rührt ihn, was er sieht?

Wer ruft ihn, wer stört, wer täuscht ihn?
Wem gehört diese Stimme?
Wer gönnt ihm nicht, dass er sich zu vergessen vermag?
Wer meint, ihn davor bewahren zu müssen, in dieser Versunkenheit verloren zu gehen?

Der Wind trägt ihm ihre Worte zu, die seine eigenen waren.
Wie viele Silben es sind, hängt von Windmenge und Winddruck ab.
Dem Windflüchter gleich flieht er vor dem, was ohne Gesicht ist.
Wird er deshalb einseitig, krumm, verweht?

Er will nicht wiederholt werden.
Hört er sich selbst im Nachklang, erkennt er sich in dem, was er hört?
Weiß er sich erkannt oder nur durchschaut?

Alles, was er sagt, hat eine Nachrede zur Folge.
Er unterlässt es zu reden.
Über die Quelle, das Seelein geneigt, schweigt er.
Er kann sich an das, was ohne Gesicht ist, nicht gewöhnen.
Ist ihm das vorzuwerfen?

Zeichnen gehört nicht zu seinen Talenten.
Er nimmt es mit der Anschauung nicht sehr genau, gibt sich mit dem unscharfen Wasserbild (einem flatterhaften Wesen) zufrieden.

Er träumt, er verliert sich im Schauen.
Er schaut, er schwärmt, er staunt.
Es ist ihm, als bestünde die Welt gänzlich aus Dingen, die allein für ihn geschaffen worden sind.
Nur für dich habe ich – ein Gott? – *dies geschaffen.*

Er hätte Mahnung nötig, jemand sollte ihm sagen –
Schätzen Sie die Höhe von Sternen, bestimmen Sie zunächst den Zenit!

Jede Annäherung an das Bild lässt das Bild verschwinden.
Er greift ins Wasser, will sich umarmen und kann sich nicht fassen.
Täglich geht ihm sein Gesicht verloren, das er für das eines Anderen hält.

Er kann zu sich selber nicht kommen.
Er sucht das verloren gegangene Gesicht.
Nicht nach sich selber verzehrt er sich, sondern nach dem Anderen, den er mit sich selber verwechselt.

Es könnte auch gesagt werden, dass seine Fähigkeit sich zu vergessen außergewöhnlich ist.
Da er sich selbst vergisst, kann sein Bildnis im Wasser treiben.

Fürchtet er sich vor Bären, die mühelos an einem Tag nur von einem ins andere Tal gelangen?
Die Täler, die weit auseinander scheinen, rücken zusammen, wenn man sie von Bären durchwandert weiß. Der Landstrich wird so eng, wie man ihn gefühlt hat.
Beim leisesten Knistern sitzt der Bär in des Ängstlichen Nacken, auch am helllichten Tag, da Nacht und Angst tagsüber in den Ästen hängen.

Er senkt den Blick und rauft sich die Haare.
Er gibt sich erschreckt und scheut jede Anrede.
Ist er ein Dichter?

Ist er ein Rahmenhersteller, ein Glaser?
Es könnte sein.
Einmal stand seine Mutter mitten auf der Gasse, hielt mit kräftigen Armen einen Schild vor ihrer Brust. Der Schild war eine gewölbte Platte aus Spiegelglas, das Gesellenstück ihres Sohnes, goldgerahmtes Prachtstück.
Weil sie jetzt einen Spiegel hatte, konnte seine Mutter den Schnittlauch aus den Spalten zwischen ihren falschen Zähnen holen, der Schürzenbund hielt ihre hängenden Brüste, der Bauch hob und senkte sich, während sie lachte, die Zähne blieben nicht an ihrem Platz.
Der Sohn stand daneben, er schien einäugig zu sein und konnte sich nicht sattsehen an diesem hüpfenden Bauch, den wandernden Zähnen.
Was hilft einem so zu lachen, Furchen und Furunkeln zu übersehen?

Die Quelle ist der Ort, an dem Kluftwasser oder Grundwasser aus der Erde quillt.
Er beugt sich über die Quelle, um zu trinken, um zu baden.
Sind es Rasenquellen, Schüttquellen oder Nassgallen?

Er findet in der Quelle ein Gegenüber, betrachtet es ungeniert.
Es ist nicht seine eigene Schönheit, die er begehrt, die sein Entzücken hervorruft, aufmunternd wie die Astfarbe des Strauchs Palo Verde, dessen Nutzung ihm unbekannt bleibt.

Er weiß, dass er Durst hat, dass ein Gesicht gewaschen gehört.
Aber das weiß auch eine Katze.
Hätte er über Spiegelkräfte etwas wissen müssen?
Wie hätte er zu diesem Wissen kommen können?

Er hätte von sich ab und um sich schauen müssen.
Er hätte im Wasser alles zu sehen bekommen, was er außer sich selber schon einmal gesehen hat.
Er hätte den Schluss daraus ziehen können, dass nicht nur die Bäume, sondern auch er selber mehr als einmal vorhanden ist.

Mondlicht breitet sich aus, bleicht die Bäume, färbt den Kummer.
Es wärmt ihn nicht, es kriecht den Berg hinauf, setzt sich neben ihn,
zuerst nur das Licht, dann der Mond selber.

Schatten hängen von den Bäumen herab wie Nadeln.
Nadeln erschaffen eine andere Nacht als Laub.
Wasser gefriert in Sternenhöhe.
Sterne treiben im Wasser, legen sich nachts auf die Welt, in den See.

Sein Gesicht treibt im Wasser wie ein Stern.
Sein Schatten steht im Wasser, bleibt unberührt.
Seine Finger sind lang und flach, wie aus Papier geschnitten.

Sieht er seinen Schatten nicht? Fehlt er ihm nicht?
Sieht er die Schatten von Baum und Wolken?
Fürchtet er nicht, ins aufgerissene Maul des Wolkenhundes zu fallen?

Leih mir deinen Schatten – hört er – ich halte ihn dir warm!
Welch hinterhältiges Versprechen!
Wenn er dir genommen ist, bist du nur mehr Schatten deiner selbst.
Was sich von dir gelöst hat, lässt sich nicht mehr wärmen.

Denkt er?
Hat er etwas zu erinnern?
Hält sich ein Gesicht in seinen Träumen auf?

Die Jugend selber, die leibhaftige Jugend schaut in den Spiegel, fällt ins Wasser. Fragen, Bilder, allerlei Vergangenes überdauern im See, in der Quelle.
Der Spiegel verzehrt, der See bewahrt und dient zuletzt als Quell.
Das Spiegelbild ist ein geliehenes Bild.

Das Wasser! Das Wasser!
Das bin ich! Das bin ich!
Ist das schon Erkennen, an dem man zugrunde geht?

Es war ihm prophezeit –
ein langes Leben werde er haben, wenn er sich nicht erkenne.
Da er sich erkennt und weiß, er kann zu sich selber nicht kommen,
vergeht er in Sehnsucht.

Er wird zur ewig wiederkehrenden stinkenden Blume.
Wäre er lieber ein Schulterstern geworden?
Die Ewigkeit ist ihm so und so gewiss.

Aus seinem Gesicht sind Fleisch, Wasser und Geist gewichen.
Er ist eine Blume, leuchtend weiß und gelb, Jugend und Frühling verkündend. Wenn man ihr fern bleibt, wird sie ihre Schönheit bewahren.

ECHO

Things move into shadows and vanish.
Memory returns in an echo. (Lu Chi)

Es ist mir verwehrt zu beginnen, auch zu schweigen, wenn ein anderer spricht. Einer redet immer, aber nie für sich alleine, wenn er mir nur nahe genug kommt.
Ich hatte immer eine Ahnung vom Gerippe, das ich sein werde.
Zwischen junger und alter Stirn liegen dürre, fette, wenige Jahre.
Morgen und Gestern geraten mir durcheinander wie dem Kind, das darauf besteht – morgen hat die Gitarre noch Saiten gehabt.

Der Winterwald, mageres, den Himmel freilegendes Gestänge, gemahnt an die unter schütter werdendem Haar erscheinende Kopfhaut der Frau mit dem sehr schönen Gesicht.
Strähnen welken an den Stämmen.
So wenig lange dauert es, bis aus den Köpfen die Haare einzeln wachsen und zählbar werden.

Unvermeidlich ist es dann, sich nicht mehr zeigen zu wollen mit allzeit jugendlicher Stirn und Nase.
Die Überkämmung des Wirbels ist eine Frage der Würde.

Einst war mein Rücken warm und weich wie Seide.
Knöchern bin ich jetzt, Brutstätte des Adlers – ein Wappentier, ein König immerhin.
Ich trage einen Mantel aus Silikaten, scheine unbegehbar, unbewohnbar aus der Ferne, ohne Rastplatz, ohne Äste, an denen man sich halten könnte.

Aber Bäume wurzeln im Fels, auf hohem Fels kauert die Natur.
Wurzelgegenden schaffen eine liebliche Landschaft.
Es ist eine Frage der Zeit oder des Willens, bis eine Landschaft lieblich erscheint.

Es begann bei den Zehen.
Zuerst hat die Haut nur feine Risse bekommen, feiner als Haare, unscheinbarer als Risse in Eierschalen, die man erst sieht, wenn die Gischt im Topf schäumt.
Die weichen, halbharten Körperteile sind mit den Knochen verwandt. Sie sind jederzeit bereit, zu solchen zu werden und sich schließlich zu Felsen zu verhärten.

Das Weiche wurde hart, das Harte nicht mehr weich. Die Nägel verhornten, die Haut blieb als Schatten zurück, die Felswerdung nahm ihren Lauf. Klüfte entstanden. Sie schmerzen.
Das lindeste Lüftchen ist noch zu viel Berührung.
Gefühle dörren in ihnen, sie werden von den Zehenspitzen aufwärts fein geschliffen, lassen sich wiegen wie Menge und Druck des Windes, wie mein steinernes Gesicht. Im besten Fall reifen sie dort oder erübrigen sich.

Verknöcherung entlastet.
Ratsam ist es, vor der Zeit schon die Saftströme von Pflanzen zu betrachten, die Eigenschaften von Knochen zu bedenken.
Wie viel Sorge habe ich gehabt, dass der Wirbel vertragen wird durch Wind und andere Wettererscheinungen, dass er ausgerichtet, in alle Winde zerstreut wird wie die üble Rede.
Den Wind, einst Feind der akkuraten Frisur, fürchte ich heute noch.
Wind lässt mich endgültig verstummen.
Wenn er erscheint, gehe ich verloren.

Umdeutungen muss ich vornehmen angesichts meiner Verknöcherung und Felswerdung.
Schneller als Holz schwindet, als Astaugen bleich werden, sind Farbe und Fleisch von mir gewichen.
Das Blattgrün ist zerfallen. Farbe ohne Farbe ist zurück geblieben.

Blau schimmert das Gestein, als flösse zu viel Wasser durch meine Adern.
Mein Kleidersaum ist in den Blattkronen hängen geblieben.
Zwirnfäden – Eintrag der sich auflösenden Schürze – treiben als Nebel in den Lüften.
Nur mein Lächeln durfte ich behalten, ein schmales Lächeln, eine rostige Haarnadel.

Ich stehe der Sonne gegenüber und sehe es deutlich.
Nicht sie entschwindet oder geht unter.
Ich entschwinde, ich bin kein Fixstern.
Der Tag entfernt sich von mir und ist, so scheint es, in großer Eile.
Er gibt keinen Halt.
Er wandert ins Dunkle, in den Schatten, in die Leere.

Als Erinnerung komme ich zurück.
Alles, was gerufen ward, kehrt wieder.

Wer mir zu nahe kommt, dem gebe ich mich nicht zu erkennen.
Ein schallhartes Hindernis bin ich, Welle, die niemand sieht.

So machen uns beiden die Wellen zu schaffen, Narziss!

Von der Länge des Wortes, von der Länge des Gesagten hängt ab, wie viel Abstand zu halten ist.
Eine Silbe erfordert einen Abstand von siebzehn Metern, ein mehrsilbiges Wort braucht mindestens fünfzig Meter.
Je mehr man zu sagen hat, je mehr man hören will, desto mehr Abstand, auch zwischen den Worten, braucht es. Das Gegenüber muss einfach beschaffen sein.

Es ist nicht so, dass ich fliege.
Meine Füße sind staubig von den zuletzt beschrittenen Pfaden, den hinter mir gelassenen Stätten.
Ich spaziere, der Spinne sehr ähnlich.
Sie geht am Faden, den sie aus den Spinnwarzen wirft, entlang, um sich nicht zu verirren. *(Sie schickt ihre Seele voraus.)*
Ich gehe die von den Worten genommenen Wege zurück.

Ist ein Steinmännchen ein bleibendes Werk?
Der Mensch überdauert, so ist zu hoffen, auch in den Maschen eines Topflappens.
Zu hoffen ist eine Entscheidung.
Stammelnd benenne ich wieder und wieder das Gleiche.
Wiederholung schafft Bleibendes, langsam geht es voran.
Ein einzelnes Wort – unzählige Male gehört und gesagt – bleibt oder verhilft gar zu Erkenntnis.

Dauer ist auch, in Astaugen verwandelt worden zu sein, in Bäume, die Stämme übereinander geschlagen wie Beine. Es ist möglich, dass der Mensch in Holzzellen verwandelt ins Zeitlose gehoben wird.
Was tun mit diesem Ruhm? Die Seligsprechung erfolgt immer zu spät.

Was sehe ich, da ich ungeschaut bleibe, da ich den witternden Blicken entkommen bin?
Alles verwette ich nicht darauf, dass ich gesehen habe, was ich erzähle.
Meine Bedenken gegenüber dem, was ich sage und meine, sind noch vorhanden, auch wenn meine Gestalt schon verloren ist.

Eine Dame kommt mit dem Hut ihres toten Mannes am Kopf, mit seinen Schuhen an ihren viel kleineren Füßen des Weges, welch trauriger Anblick!
Ihr Hals ist von einem weißen Pelzchen gewärmt, in ihr gräsernes Kleid sind Äpfel eingeflochten und Vögel mit roten Kehlen samt gekennzeichneten Sangeswegen.
Der aufsteigende Laut ist sichtbar und bereits geschrieben!

Sie verteilt Einmachgläser mit den Haaren ihres toten Mannes an dessen Geschwister, die trotz all der Trauer aus dem Lachen nicht mehr herausfinden.
Was behält man zurück?
Bleibt die Seele in den Haaren hängen wie Kletten an Hosen?
Ist sie imstande zu überwintern?

Der Mensch ist zugänglich als Antlitz.
An wen soll er sich wenden, da das Antlitz fehlt?

Ruft man ins Nichts?
Ist der Ruf ins Nichts schon Gebet?
Irgendjemand ist immer in den Lüften zugegen.
Es ist nicht das Gebet, das hilft, sondern das Gebet.

Mir fehlen das Antlitz, die Worte, der Andere.
Wenn es den Anderen nicht gibt, muss er erfunden werden.
Ich habe mir Mühlenmänner aufgestellt, hölzerne, klappernde Mühlen
an kleinen Wasserfällen und Bächen.
Sie winken, wenn Wasser auf ihre Schultern fällt.
Eine hölzerne Hand wenigstens erkennt, bedenkt und grüßt mich.

Versteinertes scheint ohne Versprechen, ohne Rührung, ohne Sorge und Träne zu sein. Aber sehr lange schon ist wohlbekannt, dass ein Schneider, weil er tapfer war, den Stein so lange und auf eine Weise drückte, dass der Stein schwitzte und weinte, dass Gram und Wehmut der Ahnen noch zutage traten.

Rührt mich, was ich sehe?
Rührt mich, was wächst?

Was wächst, rührt mich mehr als die Sätze von Traumdeutern, mehr als die Füße – auch sehr plumpe gab es –, die mich streiften.
All die bäuerlichen Ideen (Geranien, Petunien), die um mich blühten!
Wo finde ich Hibiskus und Rhododendron (Strauch unzähliger Gedichte, obschon es nicht sicher ist, dass er je von einem Dichter gesehen wurde)?

Ich trage die Gegenden mit mir samt Marksteinen, Unterständen, Narben im eigenen Gewebe und dem der Landschaft.

Einmal ging ich unter Schatten, unter Schemen verloren.
Ich schrie und meine Mutter konnte mich nicht orten.
Sie hatte die Fähigkeit des Richtungshörens als Kind schon verloren.
In den Schwarzbeerschlägen war sie in den Regen gekommen, die nassen Kleider waren so lange am Leib geblieben, bis Nässe und Kälte in die Ohren aufgestiegen waren und etwas in ihnen entzündet hatten.
Irgendwann hatte der Schmerz nachgelassen, das Ohr aber war taub geworden und blieb es.
Ich wusste noch nichts von der Zeit, konnte sie nicht fassen.
Es lag jenseits meines Verstehens, dass Jahre im Warten vergehen können, das Frohe einem dennoch nicht abhanden kommt.
Ich ging unter Schatten, unter Schemen verloren.

Ich bestehe nur mehr aus Silben, habe das letzte Wort, aber kein eigenes, kein Stein erweichendes mehr. Ganze Landstriche fülle ich mit Worten aus. Ich kann als Zeichen alleine existieren, ausgestattet mit neuen Aufgaben, treibe ich als Zirkumflex im Aufwind.

Es kann mich (das Echo) verwehen, es kann mich vertragen, manchmal streife ich dabei den Abendstern.
Ich wollte die Winde lenken, sie aufhalten und stauen wie Bächlein zu Seen, wie Worte zu Versen, Windstau betreiben, ihnen mit meinen Felsgewändern die Stirn bieten, auf dass Gewissheiten zerfließen wie das Bild des Gesichts in Spiegeln, im Wasser.

Meine Stimme wird dem Wasser zugeschrieben.

Ich falle, ich stürze, ich gleite über Wände hinab wie Schatten, wie Regen, wie der schwarze Salamander, lehne an Felswänden, Sestinen übend, sapphische Oden verfassend.

Ich zeige mich nicht, bleibe ungesehen.
Was ich denke, bekommt niemand zu hören.
In welchen Abgrund führen Denken und Gemüt?
Wie Wasserteilchen müssen sie unzählige Sprungschichten durchwandern, um die ihnen gemäße Temperatur vorzufinden, um mich und andere nicht mehr zu plagen.

Gibt es mich, da ich kein eigenes Wort zu sagen habe, da mir die Freiheit in meinem Namen zu sprechen, genommen ist?
Wenn es mich nicht gibt, was wirft man ihm, Narziss, dann vor?
Jemand, dem nur nachgeredet wird, hört auf zu reden.
Er weiß sich durchschaut – nicht erkannt, aber durchschaut.

Bin ich Opfer meiner Sehnsucht oder der in jedem Wassertropfen zu Tausenden hausenden Bakterien, die alles zerstören, zersetzen, verwandeln, so also auch mich?

In welche Schluchten sank der Kummer, sickerte die Angst und wurde dort zum See gewandelt?
Wie tief hinab reichen Empfindung und Verlangen?
Habe ich gewirkt oder verwirkt, maßlos gewünscht oder gar verlangt?

Ich habe die Wünsche verworfen, um mich nicht zu entblößen.
Meine Leidenschaften sollten nicht mehr unbedacht rasen.
Ich habe das begrenzte Fassungsvermögen der Landschaft erkannt.
Die Gegend ist mir zu klein oder ich bin für die Gegend zu viel, bin zu Fels geworden.
Fels zu werden ist auch eine höfliche Geste.

Ich hörte ein Lied und wunderte mich.
Ein rieselnder Bach wurde besungen.
Himmel und Tiefe zeigten sich in ihm.
Kleine Wellen deuteten Erschütterung an.

Ein Auge ging über – war es seins oder meins?
War es eine Träne, die das Wasser kräuselte?
Wer konnte den Regen von Tränen nicht unterscheiden?

Aber es haftet die Liebe, die Kränkung lässt sie noch wachsen.

Liebe, die haftet, wächst nicht.
Liebe haftet nicht.
Wer irrt?
Was war zuerst?
Er sah nur sein Bild und keine Welt.
Meine Träne fiel auf sein Antlitz, es zitterte.
Vertrieben hat er es selber.
Es waren seine Arme, die ins Wasser eintauchten, sein Bild zerstörten.
Er weiß, dass er selber es ist, und wird zur Blume.

Nur Vorläufiges ist zu beklagen.
Verlangt man von mir, dass ich mich wandle, zuletzt?

VON DER SEELE
oder
Kleine Wonnen, aus denen die Sorge lugt

Stückwerk ist sie oder Luft im Mark der Flatterbinse
Spielwind der Echoharp* und Klang,
der sich auf Wangen und Schultern niederlässt
Gewicht auf Herz und Hühnerauge
versäumter Schlaf auf gekrümmter Erde
unauffindbar und flüchtig für den, der tief in sich selber hineinschaut.
Am deutlichsten wird sie dem, der abzuschauen vermag von sich selber.

Das Dunkle, so wird geglaubt, es steigt aus dem See.
Des Menschen Seele steigt aus dem See, kehrt wieder in ihn zurück.
Dunkel wie der See, wie sein Grund ist unsere Herkunft, ist unser Nachleben. Ohne Gestalt sind Hitze, Seele, Stimme und Wind, ohne Gestalt ist die Angst, die an uns nagt.

Wir halten uns an den Gott mit geflügelten Schuhen und kahlem Hinterkopf, hängen an der von seiner Stirn baumelnden Locke, packen den Schopf, versäumen manche Gelegenheit.

Einmal, ich war noch ein Kind, sah ich die von mir selbst aus grauer Wolle gestrickte Mütze mit roter Zopfbordüre auf einem anderen Kopf. Da hatte die Mütze plötzlich eine Seele bekommen.

Wir vernehmen
der Seele Fragen, der Seele Graben,
der Seele Zwist, der Seele List
der Seele Zittern, der Seele Wittern
undsoweiter.

* Mundharfe, zusammengesetzt aus Kanzellenkörper, Kern und Kamm mit durchschlagenden Zungen

Wir sehen es nicht. Es aber sieht uns.

Es ist das Sinnen der Krähe am Grabsteindach, die zuvor das Eichhörnchen gejagt, die Taube ausgeweidet, den Singvogel vertrieben hat.

Es erscheint als Stimmlage und im Flügelgerüst der Seejungfer – eine Libellenart.

Es hilft, den Weizen von der Gerste zu unterscheiden, die Farbe aus Hutfedern zu blasen, den Trübsinn zu verwandeln.
Es ist die Prophezeiung, die in Brauenlinien und in der Dichte von Wimpernhaaren liegt.

Es überwintert im Wechselauge*, das man in die Tasche steckt wie Zahnbürsten.
Um ein anderer zu werden, muss allein die Augenfarbe getauscht werden. Mit der Wahl für ein Auge wird die Wahl für eine Seele getroffen.

Es rührt sich im Warmwerden gefrorener Hände, in der Sorge um das Gefrieren der Almrose und im Begreifen der Ungeheuerlichkeit, dass Hände warm sind, Lider sich schließen lassen und dahinter der Schlaf beginnt.

Unheimlich sind See und Auge schon untertags, um wie viel mehr in der Nacht – und erst die Lider, die sich nicht vollkommen schließen lassen! Die Seele äugt hervor, die im Schlaf zurück gelegten Wege werden sichtbar. Die Lider dem Schlafenden zu schließen aber wäre eine vorweg genommene Geste. Nur Toten schließt man die Augen und dann mit der ganzen offenen Hand.

* eines der Glasaugen aus dem Doppelpack

Es ist die Stunde, die dem Stern geschlagen hat.
Es ist das Jahr, das im Herzholz zum Stehen kommt.

Es ist die Fülle aller ins Sichtfeld geratenen Dinge, der Auftritt von Phänomenen und freien Radikalen, von Plankton und Verwelktem, das ganz gewöhnliche Altern.

Es ist das aus den Augenwinkeln Gesehene, rechtgeschaffenes Fußgewand, das in Gedichte einging.

Es ist die Armkraft des Planeten schwingenden Astronomen und die Verflachung des Planeten bei entsprechender Fliehkraft.

Es ist der durch die Krümmung der Erde verborgene Teil des Himmels und das Streben, Verborgenes sichtbar zu machen.

Es ist das milde Licht eines schafgarbenweißen Himmels.

Es ist die in geplünderten Bohnenschalen verbleibende Leere, das Staunen darüber, dass aus der Blüte die Frucht wird.

Es ist der Schimmer von Schwarz in der Lücke zwischen zwei Vorderzähnen und der in jedem Knopfloch vorhandene See.

Es ist in Luft aufgelöstes Wasser, die im Nebel schwebende Stimme.
Es ist das beiseite Gesprochene, da man sich nicht sicher wähnt, dass man richtig dachte und denkt.

Es ist die kühne Gewissheit, den Schatten aus dem Boden reißen und Zwiesprache mit dem Mond halten zu können.

Es ist die in steter Kälte schön gefrorene Welle.
Es ist die im Sturm gefrorene Welle.
Es ist eins, ein und dasselbe oder einerlei.

Es ist der aus den Samenkugeln der Platane rinnende süße Duft der Straße.
Es ist der in Tuchenten verbleibende Geruch des Menschen.

Es ist das um Atem ringende Nichts und Beschwerung, die der Schlaf verlangt.
Es ist der Anteil an des Nachbarn Kümmernissen.

Es hält das Bittere nicht fest und ist in Gefahr auf Lieschgrashängen abzurutschen.
(Lässt sich Verbitterung aus der Seele kratzen wie Muskrusten aus Eisenpfannen?)

Es ist der Boden unter den Füßen und die abhanden gekommene Gewissheit.

Es taut, es schneit Silber.
Es zittert, es verschwindet und
alles oder nichts ist gewesen.

Die kursiv gesetzten Textstellen sind teilweise Zitate, darunter:

Ovid, *Metamorphosen* (S. 39, 40, 41),
Lukrez, *Von der Natur* (S. 45),
Friedrich Hölderlin, *Kolomb* (S. 48),
Emmanuel Lévinas, *Zwischen uns* (S. 69).